KB016746

아침달 시집

# 하얀 나비 철수

윤유나

다 살아서야 집이 된 몸체를 나가는 길입니다
집이 조용해질 때까지 며칠 더 머물렀어요
믿기지 않겠지만 어제는 입맛이 없어 먹지 않고
밤새 두들겨 맞는 꿈을 꾸었습니다
사랑이 하필 잠을 자는 사이에 벌어진 일입니다

2020년 6월
윤유나

# 차례

## 1부
### 전편에서 시간이 필요하다고 말했을 텐데

# 2부
## 어디로 가야 분리될 수 있지

# 3부
## 사회에서 만난 여인을 떠나보내고

# 부록

# 1부

## 전편에서 시간이 필요하다고 말했을 텐데

# 공기 중에 떠다니는 미란

베이비 가득한 맨션에서 시작된 어떤 꽃
어떻게 피냐면
아모레
파운데이션을 바르고
한전 곳곳에 소변을 누다 걸려서 소녀가 아니게 되는 거야

파란 콧물이 흐르고 살이 축축해지는 거야
누기도 뱉기도 하는 액마다
살아나
베이비 맨션을 채우고
소녀는 소망병원으로 가는 거야

거짓말, 파티, 코코넛, 코카스파니엘 필요함
약술: 언변 도대체 모르겠음

길 한복판에 엎드려 약봉투 뒷면에
여자의 성기를 그린다

잠깐씩 웃는다 투투 씨를 뱉는
너의 말하기 기술
같이 그린다

## 세리에게

다른 모양의 다른 노래에 머물러
고구마를 깎아 먹고 화분을 씻는 아침
국화에서 방귀 냄새가 나
참 작은 꽃이야 너는 내가 말하기를 기다리는데
같이 늙어가는 할머니 하나쯤 되어줄 수 있는데
내가 잘해줄 수 있는데
같이 얘기하면서 도란도란 날아오르는 비행기일 수 있는데

네 서정이 너를 욕할 수 없게 콧노래를 부르는 동안에

기특하구나, 오랫동안 모래였는데
메밀밭이 펼쳐진다 그대 내게 오겠는가

담장을 휘휘 저으면 그대가 아프고

방문을 닫더니 내가 침대에 주저앉아 성호를 긋지 않겠어

다시 휘둘리겠지 다시

들판에서 피어나며 밤새 나를 달랬어 누명을 믿는단다

그대여 있잖아

# 종이해변

당신들은 꼿꼿하고, 당신은 늦게 온다

노력하고 있다
애쓰고 있다
자신은 자기를 보호할 권리가 있다
당신이 전화기를 귀에 대고 화분에 물을 뿌린다

당신들이 반성이라는 명목으로 변명을 늘어놓는 동안
아직 오지 않은 당신이 당신들에게 들어선다
당신들은 모른다
당신이 희생을 감당하고서라도 갖고 싶은 지면에 대해
식탁에 출현해야 안주가 되는 땅콩에 대해

당신들은 쓰고 싶고, 당신은 말하고 싶다
권위 있는 지면 위에서 자폭하고 싶다

보라
열심히 쓰고 운이 좋아서 문학이 준 당신의 이름을
더불어 사살되는 나의 이름을

너, 참 힘들겠구나
아줌마가 뭔데요

백사장을 걷고 있었다
나를 보았다
바다를 보았다
가방을 벗었다
돌멩이를 얹었다
새 그림자 지나간다
나는 없었다

# 인간의 여기

매가 소리를 지르며 한 바퀴 헤엄치자
형이 세기말로 떠난다

몸은 부위마다 다른 냄새가 난다
여행지에서 알게 됐다

친구가 문을 열고 벌컥 들어온다
우리는 어린 시절을 기억하지 못한다

들판을 잃지 않는 테이블 위로
귤이 말라 있다

인간은 할 수 있는 게 없어
우리는 흉을 보고

헤엄치는 물고기 아래를 맴돌고 있다

개가 걸어 다니는 짙은 속눈썹 사이로
수풀이 떠오른다

물이 부위마다 다른 냄새를 맡는다
친구에게 자장가를 들려준다

침착해서 태양 같은
물속에서 눈물이 떼 지어 헤엄친다

# 에 비친 메시지

혼자 남아 열심히 사는 변기를 돕고 싶다
대학교 장애인 전용 화장실에서 처음 그랬다

아줌마, 살아계셨어요?

사람 속은 정말 알 수 없다
사랑했지만 잘 안 됐다

나를 포대기에 싸서 안아주는
아줌마가 보고 싶어서
침대에 누울 때면 우는 척 했어요

뚱뚱한 한강에 간다
크루저를 타고
엉덩이를 데리고

유모차에 실려
같이 언덕을 산책했는데

어머, 다시 사랑할 수 있을 것 같다

전등 아래 앉아

자고 있는 나를 들여다보는 거긴 어때요?
나는 말갛나요?

배구공이 흘러다니는 잔디밭을 뛰놀다
예민이, 지연이 오바이트를 한다

엄마를 잃은 아줌마인 나는
어떻게 울까요
길은 길고
밤은 길었어요

거무죽죽한 강물을 바라본다, 옆에서
은석이, 필형이 은빛 돗자리에 누워 섹스를 한다

꿈속에서 메시지를 받아왔는데
세상을 다 알 것 같아요

# 더 좋은 날

사실은 수말이 양탄자에서 잠자고 있다고 이렇게 변했다고 기억이
잘 들어두세요 사회에서 만난 여인이 내게서 나가는데 기억이
세상을 내버려둬요 우리를

이제야 평등을 생각해요 두서없이 말하지만 나한테서 나갈
거예요 나는
유감이네요
집에 안 가요
싸웠어요 독수리가 심각하게 나는 모습을 보세요
유지하리라 믿으면서 날잖아요
탄생은 끝났어요 그럼 뭐가 남겠어요
아니에요

허구 아닙니다
수말은 안 일어나요 쟤 늙었어요
등불을 켜주기도 했습니다
피를 끓여서요
냄새 잘 맡아요? 언제 와요
두 번째로 중요한 말인데 꽃밭에 낭떠러지 없어요
맨드라미 대롱을 불러내도 빨아 먹을 수 없어요
그래요, 협박입니다

나무라려면 빛줄기한테 가세요
삶이 시체처럼 누워 있을 거예요
수말이 눈을 뜨네요 나를 바라보지 않아요
알고 있어요 내가 나가지 않잖아요

검고 노란 줄무늬를 보세요 털이 수북한 날개를요
비집고 들어갈 수 없게 하소서
방향을 내소서 종족을요
씩씩해, 씩씩해 미치게 하소서

# 여기 배 속에는 여름이 들어 있어

내가 사람으로 태어나고 있는 곳
정면으로 가는 길
자리마다 둑이 섰다
여파로 오솔길이 어지럽고

조금 죽은 것처럼 앉아 있어야지
어릴 때처럼 시멘트를 덮어야지

내 팔다리 가느다랗지

나는 적도 없이 환한 기억입니까

떠난 햇빛이 내가 아닌 연인과 싸우고 있는 곳은 어딘가

방아쇠를 당기는 시늉으로 메아리를 당긴다

교실 문을 열고 창가로 걸어 들어가는 내가 있다
거울을 사고 망원경을 사다 놓고 나눠주라는 소리가 들린다
저 불투명한 무리에 다다르는 방법을 알고 있지만
우두머리 곁에서 벽을 관조하진 않을 거야

서 있거나 앉아 있거나

잘 자라게 될 거다
우리는 친족이 될 거다
여기 배 속에는 여름이 들어 있어

돌아와 멈춰 서 조용히 내가 있다

# 구원투수

죽은 후에야 '물'자를 붙이는 건데 구름은 어떻게 해야 할지
모르겠다 과정이라서
그는 알 수 없는 연도를 중얼거린다
그의 기교 덕분에 그는 그렇게 되어버렸다

겁은 가능성인데
물가를 지나칠 수 없는 게 분명하다
가난하고 매혹적인 선생이 저주였다
비명이 유명이니!

물속에서 나무가 겨우 그를 달래고 있다
죽은 사람이 산으로 가지 않고 있으니 겨울이 폭력밖에 더
행사하겠어

그가 사는 입장료 비싼
물소
물뱀
물개

그는 낯선 곳으로 그만 흘러가고 싶을 뿐이다
그가 고개를 든 채 꼼짝하지 않는다
설마, 지금

오이를 던진 건가요

# 마담

먼저 공격하는 부류가 아니다
별, 아름다워
내 생각이 맞았어
별, 따뜻해
등받이에 얹은 팔이, 부인이, 머릿결이
귤 위에 덮어놓은 미사포가
행성이 아닌 무늬가
깃이 아닌 목걸이가 별
기다려

먼저 고백하는 부류가 아니다
코 대신 그림자가
손가락 대신 그림자가
죽어가는 간호사 무릎 위에서
도망치는 고양이가 별, 가지마
무기가 필요해졌어!

날씨를 쓸어내
이마를 마저 걷어낼 수 있게
전편에서 시간이 필요하다고 말했을 텐데
별은 흐르지도 않고
끝을 알아맞히지 못할 텐데

얻어 올 순 있을 텐데

죽음이 눈앞에서 뒤 구르기를 한다
참을 수 있는 부류가 아니다

# 헤어진 순이

있었다 친구 없는 철수가
생각할 만한 생각이 없고
일하고 싸우고 기대를 저버리지 않는 철수가

샀다고 입을 수 있는 티 팬티가 아닌
소리쳐 부르면 '여기 있잖아' 읊조리는
같이 놀고 싶은 사람, 시시한 사람
철수가 있었다 한 사람만 사랑해야 되는 철수가

검은 양말을 신고
검은 모자를 쓰고
아로마 향이 통증인 날엔 철수를 달랜다
은단도 마찬가지니까 하염없이 철수를 달랜다

하얀 사람 빼곡히 들어선 하얀 집
하얀 기쁨
부스러기 흩날리는
하얀 나비 철수

# 안녕, 하나


고양이에게 수박을 먹인다 기억이 지쳐가고 있어
사치라서 열어보지 않은 건데


하나야 돌담길에서 울타리 사이에 서 있던 네 옆이야 고양
이는 하나를 먹어치우고
나무는 자라는 내내 불안하지
불안하기 위해 자라는 거라고 나무가
내게 수유한다


여관마다 빛이 고인다 악몽을 내주지 않고 문이 닫히고
나는 언덕을 불러낸다 길을 잃고 서성이다가
연못 밖에 되지 못하고
입속으로 모래를 털어 넣는다


나를 끌고 다니느라 계절은 이제 내가 두렵지 않을 텐데
나를 휘두르고
반쯤 썩어 들어간 고양이에게
시간을 묻는다


오늘이 사라진 나머지 시간이 아카시아로부터 흘러나온다
몸속에서 빛이 부패되기 시작한다
사과밭이 뚝뚝 아른거린다

# 쓰레기

조약돌같이 앉은 고양이들이 거들떠보지 않는
오랫동안 잃어버렸던 나는
느티나무 밑에서 발견된다

잎을 태우고
잎이 잎으로 옮겨 다니는 사이
바람이 거리를 헤집어 마른 풀들을 붙잡고 사정하는데

나와 동료가 될 수 있는 방법은 아니고

이제 막 눈을 뜬 사슴
네 다리로는 일어설 수 없네

나도 털갈이를 할 수 있을까
더이상 일화를 지어내고 싶지 않은데

거리가 지쳐 숨을 내쉰다
거리는 지나치게 따뜻하다

창문마다 눌어붙은 흰자위
장미 넝쿨이 검은 봉지 더미처럼 치워지지 않는다

얼굴을 보여줘
나를 쳐다보지 말고 얼굴을

발굽 소리 냄새가 난다
달아나고 싶지 않다

눈알 굴러다니는 공중전화 박스

거리가 문을 열고 나온다
달아나고 싶지 않다

# 혁명의 거짓말

사과를 사러 간 녀석을 기다리는데
왜 형이 화를 내
형이 화를 내기에 사과를 깎았다
네가 누굴 괴롭히는지 알았으면 해
내가 괴롭히는 게 누군데

손가락 깎는 모습을 보여줘야 하는데
과도가 잘 들지 않는다

나쁜 새끼
적어도 네가 아픈지는 알아야지
자연의 습관, 그런 게 있어
지혜 말이야
창밖 산등성이를 고작 인간이 밟고 지나간다
왜 인간을 뜨겁게 사랑하면 안 되는데

시만 사랑하라는 법 있어
오지 않는 사과
기다려본 적 있는 그것

바깥은 시위 중이고 어느 나라의 어느 시간을 걸어가던 녀석이
베레모를 고쳐 쓰고

시를 찢어 하수구에 버리고 있다

비둘기 두 마리가 날아와 앉고
한 마리가 마저 죽는 동안

형이 사과에 다트핀을 쏘아댈까 봐

# 나의 친구 예진이

다다미방에 배를 깔고 누워 생각한다
동경은 불쌍한 맛이다
달짝지근하고 짠
예진이의

낚싯바늘에 미끼를 물린다
검푸른 물 위를 떠다니는
개똥
죽은 아기새
위로
밑밥을 던진다

사실 잘 모르겠다
징그럽고 깊고 나쁜
예진이가 자꾸 낚이는 이유를
처치 곤란이라 울지도 않는데
어째서 자꾸 잡히는지

어느새 물 위로 떠오른
예진이

사랑채에서 보았던

우리끼리 미아라 불렀던
예진이
얘가 날아오른다

부산히
부산히

모두가 사랑하나 아무도 사랑하지 않는 바다
텅 빈 바다 저 끝까지

# 꽃은 부엌에 두고 사람들이 코트를 입고 나간다


곤충의 내장을 말리고 개구리의 내장을 먹는다

'사랑'에서 '사람을 사랑하는 것'으로 확장된 질문 위로 헬리
콥터가 날고 있다

몸을 관통하는 차
요리되고 있다
안개라는 일상다반사에

숨 쉬는 일이 가능해지고
내 뼈에 기대 우는 날이 많아졌다
벌렸다, 두 팔을, 최대치로

나는 비보잉을 좋아해
히치하이킹을 즐겨해

미나리를 먹고 은행잎 무수히 떨어진 거리를 걷는다
크게 소리칠 수 있으리
흩어지는 살점들이 말한다

어쩔 수 없는 일이 귀를 베어 가고
이쑤시개로 고막을 꺼내 먹는다 소라 내장은 먹지 않는다

전복 내장에
알을 까다 초록인데
가을이 왔다

뚝뚝, 사슴 농장으로 걸어가는 동안 뼈가 부러졌다 사슴의
내장에 대해선 읽어본 적 없다
핏물을 헤엄쳐 앞으로 나아갈 뿐

백과사전을 펼친다
오직 생의 주기를 품고 있는 종이를 찢는다

옥상 빨랫줄에 걸린 나시 메리야스가 잠에서 깬다
시작을 지운 하늘
천국이 싫었다

# 2부

# 어디로 가야 분리될 수 있지

## 애완 모리

둔탁한 태양이 바다를 밀어
뜨거운 모리를 밀어
그리운 모리

흑발이 아름다워서 풀리지 않는 문을
감동이라 믿기도 했다

목을 씻고 목만 씻은 새 떼가 날아간다
죽음과 인사를 솎아내는 동안
모리를 안는 듯
모리가 밀려든다

담요는 없어, 모리
국화 꽃잎들이 애벌레처럼 기어가는 걸 본 적 있지, 우리

새들이 내 하늘에서 떠나질 않는다
환희가 지독하게 추워, 모리

햇살에
물장구치는 소녀를 상상하다가
가만히
소녀를 지우다가

닭발처럼 꽃을 그려놓고

모리,
모리 눈에 비친 우리
어디로 가야 분리될 수 있지

먼저 사라지는 쪽을 살아가기로
내기를 했다

## 아마 느리게 이미 부서진 노래

거인이었지만 나는 어렸어
알고 난 후부터 질문하지 않았어
마을을 떠나고 싶지 않았어

작은 옷을 입고 골목에서
벚꽃을 주웠어
집집마다 대문을 자주 두드렸어
사람들은 내 머리를 쓰다듬어주고
커다란 접시에 콩밥과 고기와 포도를 가득 담아줬어

절뚝거렸는데
장난이 필요했던 거야
그런 행동을 하면 안 된다는 걸 몰랐어

몇 번의 비에 무너진 낮은 집에는
담장보다 커진 내가 있었어

아가,
나를 낳아준 모친이 말했어
늦게나마 네 것을 가져봐

참새들이 쫓아오며 재잘댔어, 아직

아직, 아직, 근데
문득 바닷가였어

풀숲으로 가 마른 장작들을 가져다
불을 지피고
노래를 불렀어
해가 지면
매일매일
달빛 따라
오늘까지

새끼손가락만 한 꽃병이 놓인 여기까지
나의 옆집까지

# 다 이해한다는 것

음…
당신의 손을 잡고
오늘의 살인은 좋지 않을 것 같아
창문 아래서 햇살을 맞는다
철새군
단 한 번 이동하는 새를 철새라고 해도 되려나
당신은 철인이 아니니까
아무 데도 못 가게 말을 도로 집어넣는다

창유리로 고여 드는 새벽
비눗방울 날아다니는 방에서
자고 있는 당신의 볼이 깊이 베인다
감히 이해한다는 것이다

당신이 눈을 뜬다
날 어떻게 할 것인가
다 이해하게 할 것인가
미처 치우지 못한 수박 껍질이 눈에 밟힌다
문짝마다 움푹 파인 집에서는
다 이해하게 했었다
그다음엔
송곳니로 날계란 밑을 푹 찌르고 쭉 빨아들였다

들려오는 새소리
피치, 피치, 피치

왜 바람마저
물끄러미 날 쳐다보고 있는가

부쩍 곯은 날에는
도로에 눌어붙은 새도 아무렇지 않게
주시하는 눈빛을 묵살한다

도통 애교란 없는 것이다

# 강원도 사냥개

식당 식탁이 다리를 벌리고 있다
봉평에서 온 감자가 널브러져 있다, 씨에서
알이 되려다 지친 모양새다

가스 불을 켜는 종업원의 손이 미끄러진다
다리 사이에서
녹색 광선이 걸어나온다, 새끼인 양
*식탁이 한 마리 힘을 낳고 있네*

*개들이 개집 앞에서*
*구경을 하네*

쇠사슬을 끌고 다니는 뜨거운 태양
언제나 인내하는 뒤뜰
깐 우엉보다 더 짙고 하얀 여자
너는 주유소 같다

뒷간에 갈 수 없는 막막함에
식기들은 파리하고
고무 대야가 나른한 부엌을 말리고 있는 오후

*개들이 개집 앞에서*

국수를 먹네

우린 깊은 산골에 있다
찢어지고 터진 파리와 막연함을
자세히 들여다본다
수캐에게도 젖이 있다

# 천도복숭아

공에 맞고 쓰러진다
반칙, 반칙이다, 반칙
경기가 계속 이어진다

어머니가 저녁거리를 넘치도록 들고 들어온다
그동안 고마웠고
방문을 열고 아버지와 할아버지가 나온다
우리는 식탁에서 조용히 식사를 한다
아버지, 이제 여기 있지 마세요
네가 놀고 먹으니까
저를 죽이세요
애비 앞에서 칼을 들다니
어머니와 할아버지가 방으로 들어간다
아버지가 쇠파이프를 들고 들어온다
때려라 때려 다 내 잘못이다

아버지의 고독은 연기이다
즐거우니까
공에 맞아도 밖으로 나가지 않았다
아름다운 건 비겁한 게 아니니까
용서하세요, 가능하다면

# 우리 집

일종의 묘기이다
외양간을 들여다보는

뇌가 앉아서 꼼짝하지 않는다

나와 뇌는 서로에게 식량이다
더 이상 난폭하지 않은

눈망울은 어디에나 없다
여전히 바라보는 동안

이를 닦는다
뇌가 칫솔질을 음미하고 있다

# 네가 침대로 다가와 옆에 눕지 않는다면

왕자님은 내 가족이고 형제야
식탁 위에 올려둔 화병의 의미를 몰랐을 때

문 열리는 소리에 신발을 꺾어 신고 뛰어 내려가는 나를
다락방에 앉아 동아줄을 꼬고
신음하는 여자를 그리는 나를
벽에서 꺼내지 않았을 때

어디서 왔을까 새끼 고양이
주전자에 넣을까 너는 나의 모든 것이다
고백하면서 수돗물을 틀어버릴까
차가워도 끓는 물이 나였다
두드려도 열리지 않는 나였다

왕자님은 공주님을 미행할까 아니야
돌부리에 걸려 넘어질 때마다 맹세한다
뒤를 밟다 숨을 참는다
쫓아가다 쫓지 않는다

말해, 창문 틈에 팬지를 꽂아두었다고
말하지 마, 아침이 오기 전에 다녀간 어미 고양이가 있었다고
서툰 포크질이 귀여웠다고 대신 썰어 먹이고 싶었다고

웃음이 터지려는 걸 겨우 참았다고
머리 위에 얹어놓은 바나나 한 송이 자랑하고 싶었다고

말해, 내가 노력해서 모두 행복하다고
제발 사라져달라고
아무도 오지 않는 비밀의 방에 내가 가지처럼 누워 있다고
피치 못할 사정이 생겼다고

녹색뿌리나무가 목발 짚고 되돌아오면
가려던 햇살이 창문을 쪼개고
또 올게
말해

# 마음 그 후

한국종합체육관에 가려다 메추리를 잡아 날린다
닭장에 있는 새를 상대로 자유연기를 해본 것이다

미색 점퍼에 털이 묻었다
약간 억울하지만

철조망 안으로 손가락 네 개를 집어넣는다
내 마음이 네 마음은 아니잖아
왜 만날 기분 탓을 하니

틀어놓은 텔레비전에서 흘러나오는 출산 장면

다음은 무방비한 구름

마루에 앉아 딸기 한 입 베어 먹는다
보란 듯이
손바닥에 뱉는다

금 간 유리병에 버려둔 생리대
종량제 봉투에 넣어 집 밖으로 꺼내놓고서

결혼식장에 가려다 나뭇가지로 닭장을 쑤신다

화진에게 편지하지 않겠다

다음은…
다리를 조금 벌리고 쉽게 죽은 여자의 몸을 파고드는 그
수뇌부가 타고 있군
창자까지
불 없이
색 없이
무게를 이기지 못하고 무채색 꼴이 주저앉는다

# 예쁘지 않아


내가 엄마인 줄 알았어
떡집을 나오면서
떡을 훔쳐 먹다 쫓겨나면서

일찍 일어나면 종일 해가 쫓아다니네
우리 집에는 떡이 없는데
(친구의 개는 자취방에서 초코파이를 훔쳐 먹다가 혼자 죽
어버렸다지)
동물들이 사방에서 산책을 한다

버릴까. 귀여운데.
귀여워서. 사람, 개, 무당.
무당은 사람이라지
(더 말하면 살인자의 아내를 이해하게 된다)

가렵지 않았을까, 서서히 썩어갈 때
서서히 식어가면서 텔레비전을 보고 또 보고
주인을 기다리며
어떻게 해야 사람들과 같이 살 수 있는지
정말 모르겠어
중얼거렸어

지구에서 제발 나만 슬퍼했으면 좋겠어

행복하면 불안을 연기하는 습관
선생님께 받은 가르침
꼭 불안해지겠다

# 한 사람을 사랑하고 더 못생긴 뚱보가 됐어

나는 자살했어
너는 너를 나라고 부르네

너는 돌아갈 무리와 돌아갈 아내와 돌아갈 집이 있어
지금은 아니더라도
겨울을 지나 들판 너머로 타오르는 연기
군대를 이끌고 돌아갈 식탁이 있어
지금은 아니더라도

밀림에서 길을 잃고 때로는 허공이었지
속삭일 테지만
내게 와

분별없는 네가 따르네
수박을 맛봤으니까
생살, 얌전한 자신에게
(야유)
나 버리네
메아리치는 산에게
잔잔한 물결, 강물에게
일찍 잠든 내 안을 남기네

셀프, 이쪽이야
괜찮겠어? 좋아

소리 소문 없이 기나긴 밤
백조가 날아오른다
늘어진 백조는 멀리 가지 못하네 기나긴 백조
산이 드리워져 파리한 나무들
가시를 기다리는 밤, 길어진 산, 족제비였나

# 착한 눈 메우기

저 자는 나를 키우기에 너무 고단해
나쁘지 않았어
저 자는 나를 돌보기에 너무 병들었어
나쁘지 않았어
그럴 수도 있다는 걸 명심하고서 나는 아팠어
낚시를 떠났어

내 입버릇이 결국 나를 떨궜나

저 자는 늙는 것에 중독되었던 거야
나쁘지는 않았어
저 자가 원하는 걸 알고 있었어
나쁘지는 않았어

산이 어째서 파랄까
섬에서 낚아 올린 물고기는 모조리 반 토막이 나 있었어
어째서 아가리와 꼬리를 놓고 나는 매번
피리 같은 리본을 선택할까

백합밭을 지나
토끼밭을 지나
나비밭을 지나

눈이 내린다
길고 험한 눈이
오늘도 마땅한 하인을 찾을 수가 없었어
무릇 믿음이 바로 이 자를 결딴내고 말 것이기에

내가 나를 데리고 집을 나온 후부터
나는 몽땅 추위에 떨고
샐러드를 먹다가 행복하다고 말하지

# 이발소 차녀의 기도

핏
면도날에 펼쳐진 뛰뛰빵빵 초원
아기 사슴 달아날 거야
백두산 천지에 사는 결벽증 물고기 네 마음 모르니까

언약식에서 도망치고
어항에서 장총으로 금붕어를 쏘는 내가
갈증 나서 잠자리 채집에 나서는데
면도날이 나를 홀랑 벗긴다

나는 차녀야
머리를 빡빡 깎아
집에서 왔어
무릉도원으로 가자

물결을 뛰어다니는 물총새
이를 드러내며 웃고
육탄전을 벌이다 아까처럼
짝짓기를 한다

어서 와
오른쪽 눈썹을 빡빡 밀자

민둥산에 침엽수는 없어

산에 갔는데 침엽수 한 그루 없으면 어떻게 해야 하나

숫돌에 간 면도날로 피부에 그려 넣는 청둥오리들
내가 다 낳아줄 거야

# 텅 비기 시작한 순간을 산은 보았지

밤이 오길 기다렸다가
문 밖에서 한쪽 팔을 베고 눕는다
어머니 내게 자신이 무얼 잘못했는지 모르겠다고 말했다

잠에서 깨면 언제나 지붕을 지탱하게 하잖아요

모래에 쓸린 바람이 불어온다 등 뒤로
집이 제 살갗을 부빈다
어머니 밤이 되면 견딜 수 없냐고 물었다

세상에는 신과 바다가 있어요
여름이 오고 눈이 오지요

어젯밤 울부짖는 소리가 귓가에 남아 있어
마저 듣는다
어머니 남은 반찬을 싸주면서 내게 결혼하자고 그랬다

구걸하지 않는 순간이 있어
골목이 척추처럼 분명하게 뻗어나간다
떠나는 자세로 나의 몸이 나를 용서한다

가시 돋은 나뭇잎에 빛이 묻으면

마음에서 부리가 싹 튼다
깃털이었어요 알고 있어요 계절이 변하는 거예요

머리에 머루를 이고 가는 할머니,
이 집 홍합 삶는 냄새가 좋지요

일렁이는 산은 날아가지 않고 거대해지기만 하고
날아갈 듯 날지 않고 거만해지기만 해서

# 비만 데이지

여자끼리 잠을 자고 여자끼리
석양 아래서 끼룩끼룩
어깨동무를 데이지라 부르고

함박웃음 지으며 밥 먹으러 간다
접시가 활짝 벌려 맞아준다
냄새가 나서
여자끼리 밥을 먹는다

콩나물국이 동났다
취침 싸이렌이 울린다
여자끼리 바지를 벗는다

달빛에 올라타 호수를 생각한다
살갗에서 파란 대문이 열린다

잔디와 쌀이 동시에 돋는다
메리와 제인이 손을 잡는다
뛴다
흐웅, 콧바람으로 악력을 높힌다
쫓아온다 근대를 씹고
뱉는다

무지개를 한 방울씩 떨어뜨린다

촉촉, 흐엉

베리베리 깊은 밤

식지 않는 풀이다

## 둔갑의 즐거움

사람을 사랑하는 데 있어
둔갑술이 필요해졌다는 것은
겁을 먹곤 당신을 잃어버리겠다는 뜻이다
반복적으로 열리고 닫히는 문을 보라

소란스러운 하루다
몹시 고요하여 영혼이 움직이고 있는 게 증명된다

배추를 심는다
때가 되면 두더지를 잡는다
이런, 해가 뜬다

사람들은 대체로 나를 무시하고
나를 사랑해서 제시간에 먹이를 준다
아무런 기척이 없다
내가 삽질을 멈추니까
돌이 사산아를 낳는다

사랑하는 사람이 비를 맞으며 다가와
내 어깨에 손을 올리고
음식 찌꺼기를 먹인다
안뜰에 가야 한다

사람이 나무에 기대어 자고 있다
움직임 없이
해가 진다
피지 않을 꽃이 핀다

# 팸


'돌아온 이를 반겨는 주되 말은 섞지 않는다.' 가훈을 지키려고 나 너무 안간힘을 썼던 걸까.


부력을 이기지 못해 배가 터져 죽은 내가 다가온다
'포구에 앉아 석양을 바라보는 끝 장면, 그런 게 마지막이라고 한다면 지난여름에 갔던 월미도에서 두들겨 맞고 웃었을 텐데'
따귀 한 대에 가발이 날아갔고 옆집 주차장이 생각났다 훨씬 황량했지만 좋아하는 샤프란이 있었다


귓속이 넘실댄다, 섬이 오라는 듯이
출렁이지 않을 수 없게
네온사인 불빛이 쏟아져 내린다
부르지 않을 수 없게
모래사장을 굴러다니는 미러볼,
이게 나라면
완전히 들리지 않게 되는 날 보랏빛으로 돌아갔을 것이다
사정없이


입으로 불면 날아가버릴 줄 알았던 날벌레
바람만은 언제나 내게로 올 줄 알았다


돌진, 은하수에 잠겨가는데도 말이야 나 살아 있는 모양이야

# 3부

# 사회에서 만난 여인을 떠나보내고

# 님과 함께

너는 무궁화나무 아래 허리를 숙이고 있다
비와 함께
땅에 떨어진 무궁화에서 눈을 떼지 않는다

힘이 생길수록 비틀거린다
너는 고개를 들지 않는다
꼼짝하지 않는다
물을 토한다

아직 숨이 남은 무궁화를 손에 쥔다
공급은 없다
온몸으로 그 무거운
공허를 내려놓지 않는다
너는 누구도 구해줄 수 없다 지켜줄 수 없다

핀다 핍니다 피기만 한다 어떻게든
갈 곳 없는 너는 가야 한다
갑니다 다시 돌아가려는 의지로
극복할 수 없는 건 가지고
가지 않는다 않습니다

동이 텄다

너는 출발한다
마지막으로 누워 있는 모습이 말할 수 없이 슬펐다
고통을 지치게 하지 않는다
침묵만이 길은 아니다

너는 뭉툭한 정원을 둘러본다
다시는 정원을 둘러보지 않겠다

# 잠자리 나라의 잠자리 클럽

사과나무 울타리
내 사촌 누이는 이 길을 어두운 길이라 불렀는데
작은 비밀 문 너머 길이 끝나는 곳에
덤불숲
질문의 표식같이 장난스레
병뚜껑들이 박혀 있다

내가 강하다고 느껴야 해 내게 의지해야 돼

발걸음을 옮긴다
네게 가는 동안 분주하게 지냈다
이리 오라는 손짓을 한다 내 옆에 와 앉아

우리의 사랑이 어떤 성질인지 당장 이해할 수 있겠니

고모와 그 여식들의 구부러진 능선을 타고 올라
감사합니다 세상을 창조해주셔서
함께 있게 해주셔서

텅 비고 아늑한 들판
덤불의 백합

선불리 출국하지 말았어야 했는데
하고 싶은 말이 많아서 어쩔 수 없이 언 강을 지날 때
눈에서 눈 내리는 바다를 볼 수 있었어

잠잠
좀처럼
웃지 않고

너처럼
　　너와 같이
　　　　　느리게

오랜만이야, 이름은
번역된 언어야
자꾸만 축축해지고
소처럼 갈색이야 내 옆에 와 앉아

거리에서 비수를 나누어주길래
두더지가 됐어
첫눈을 맞으며 춤추던 머리카락으로 이루어졌어
파김치가 됐어

매시는 시간 몰라
약속 시간 몰라

하수구에서 건져진 나와 너는 사방이 어두워

매리, 어때?
네 새로운 이름
늘 비슷하게

어항에서 씻고 금세 붉어져

# 고적대

아직도 그는 죽음과의 거리를 이해하려 든다
그가 끊어진다
그가 주저앉는다
오늘도 죽었다는 전갈을 받는다
그가 일어서려다 주저앉는다
나는 작은북을 두드렸었지
그가 신앙을 흘린다

초록개가 그에게 다이빙한다
어머니!
뒤돌아보는 그늘이 그에게 다이빙한다
더 이상
더 이상은 안 되겠어요
나도 같은 나라를 원할지도 모르잖아요
이리 와
그는 웅크리거나 살갗에 죽음을 새긴다

그에게서 흰 여름이 내린다

그는 맹세를 비웃는다
수채꽃밭이라도 잃을 생각으로 염소를 서성인다

# 국립묘지

화염에 맞은 네가
'여기가 내 자리지?' 묻는다
너만 매번 다쳐서 돌아와서
샘이 나서
아무 말 하지 않는다
바닥에 있는 비둘기 깃털 한 가닥 치우지 않는다
'솜털이구나
여자아이가 필요한
시체들의'

순탄하게 세상이 까마득하다
너는 물이야?
'무지개야'

네가 비가 많이 내린다고 그럼
소나무에서 남은 비가 떨어진다

끊긴 날갯죽지에 대해 세상은 아무 말 하지 않는다

나한테 오지 않을래?
맑은 날인데도 네가 웃는다
생식기가 생길까 봐

까마귀 두 마리 날아든다

나는 네 속에 묻힌 바위들인데
내 속에서 들끓어

"나는 햇볕에 있잖아, 너는 참"

## 주머니에

그림자 안으로 새를 가두고 싶은데 내 그림자에는
먹이가 없다
둔덕을 걷다가
사회에서 만난 여인을 떠나보내고
종교가 세 개나 생겼다
두 번째 변화는 위에서 말한 것처럼
새가 나를 쪼지 않고
쫓아가도 그늘인 우리가 사라지지 않는다

지나가는 고양이 배 속에서 새끼가 꿈틀거린다
세상의 이 부분에 대해 나열할 수 있게
주머니에 든 과자를 부수니
무덤에서 내가 고개를 갸우뚱거린다

## 지네

거울 밑에 앉아 있던 지네가 화장실 문턱으로 기어간다 오른쪽 눈썹을 쥐어뜯더니 떠밀리 듯 현관 밖으로 나간다 지네는 다음 날 주워 온 침대 위에서 발견된다 배꼽부터 가슴까지 딱한 뼘 배꼽부터 가슴까지 딱 한 뼘

지네가 눈을 뜨자 안방 문이 열린다 잠결에 여는 문이 아니라는

어머니가 지네의 방문을 연다 오빠— 어머니 쪽으로 몸을 비틀어 세우자 다시 안방으로 가려는 구긴 미간 곱슬머리 야윈 다리—

침묵은 팔을 완전히 잠재워야 온다 지린내 나는 입김들이 날을 세우고 주검이 자기 자리를 지키고 있다


안개는 더 이상 외삼촌을 깔보지 않는다

## 아름다울 리 없는

찔러본 자만이 아는 숲에서 그가 휘청거리다 돌아섰다

세상이 점점 울창해지는군

숲이 되는 건
바람도 피나무도 잘 지내는 것

그의 손바닥이 믿을 수 없게 하얗게 빛나고 있었다
그는 고개를 한없이 뒤로 젖혔다

얼굴에서 십자가까지 훤히 보이는 그에게
내가 남아 있을 리 없는데

자욱이 내가 서려 있었다
도대체 무슨 죄를 지었기에 내가 주는 벌이 이토록 아름다운가

살아 있는 게 구애라고 그가 짖었다
고요한 노래를 불러봤다면 여기까지 따라오지 말았어야 했어

아무도 자신을 알아보지 못한다고 믿으면
꿈속에서도 지나칠 수 있는데

기다리고 기다려도
그가 계속 돌아온다

# 잘 가, 잠꾸러기

모든 게 풀밭이 되었지
우리와는 상관없는 일이지
물고기 잠옷을 입고 바깥으로 나와버렸어
찾아올 수밖에 없었겠지

그렇게 많은 날들이 필요했었나
매일 앰뷸런스를 만났다
남아 있는 노을이 번지기 시작한다
나를 무용지물로 만들 기회가 온 것이다

반지는 끼고 왔어
장미같이 말이지

멋지고 기다란 선고조차 내릴 수 없단 말이야?
사마귀나 젖은 나무 상자
생쥐가
내 대답이야
나를 돌보면서 살아갈게

# 채소밭에서 잠수 연습

회경 식당에서 닭 날개와 파무침을 먹는다 창밖에서 나부끼는 사람이 돌아올지 모른다

쌀을 씻어 영혼의 원리를 알아낸 어느 날, 꿈은 사자의 일이고 사자의 일이라서 피해 갈 수 없다 다가오는 밤, 헤어질 시간
머나먼 동산에서 준비해온, 지탱해온, 살아온, 구실 후덥지근한 가운데 웅덩이가 군데군데 파인다
모든 과일에는 힘줄이 있나니 빛이 구를 맺는다

모르는 번호로 전화가 왔다 잘못 걸었는데요 아는 번호로 연락이 왔다 다시는 없다 말하지 않겠다 다시는 살겠다고 약속하지 않겠다 다시는 구체관절인형이겠다 엄지손가락을 질겅질겅 씹고 있는 머리카락에 살덩이가 맺힌다 한 세트를 따와 깨끗이 씻기고 침대에 눕힌다
–남자인가
–여자인가
연습일 뿐이다 이 어린 녀석도

자라지 않고 변모 가능한 상태
시가 잠을 자고 있다 완성되는 과정의 당연한 노동이며 여자의 일이다 눕히는 일만이 남자의 꿈이다

박하사탕에 내리는 소나기
비닐 포장지를 벗겨서 바구니에 담아두는 생활
부탄가스로 불을 지핀다
여리고 부드러워 얼어버렸던 구름이 열린다
봉합될 수 있는 몸만이 흐를 수 있다


 처음에는 구토쯤이야 하고 말았지만 구토한다 마디마디 부
서진 아기가 꿈틀대다 멈춘다
 온갖 미사여구를 바쳐야 끝나는 생의 모든 걸 건 아첨
 봉합을 시작한다
 길이 꿈틀거린다
 정해진 시간에 가지 못하리. 그럼 갈 수 있다
 기어코 살아난 어떤 가계


 광고와 벽보만 두고 세상이 사라져간다 여보세요 대머리
선고를 받고 대머리는 자신이 살아 있는 이유를 알아차리는데.
누구지 난. 희망에 대해 일갈하리라 비옥한 무대로 내몰린 고
아는 즉사한 사건에서부터 문득 채소밭을 일군다
 썩기를 기다려왔으나 문턱에서 아주머니, 어머니, 여자친구
를 차례대로 삼킨다


 아직 해명의 시간이 남아 있다 호스를 연결해 잔디밭에 물

을 뿌린다

　'안경 써, 얼른' 낮에 돌아온 빛이다

# 예술에 있어서 인간적인 것

기다리지 않아도 눈이 오는 건
바닥에 떨어진 나뭇가지가 살 수 있는 방법인가
주교가 내 이마에 십자가를 긋는다

피 한 방울 흘리지 않고 잘린 국화와
꽃말에 뒤섞여 화병에 꽂힌 태양
함께
성가를 부른다

당장 나뭇가지에 영혼을 나누어달라고
사산된 열매를 품고 있을 거라는
희망을 조작해낸다
나뭇잎, 물, 꽃, 우정 모든 언어를 품고 있는
평범한 소외
사람을 만들었지
안수에 씌워진 은총 대신 나는 나뭇가지를 생각한다
시멘트 바닥에서 이유 없이 연명하는
그래, 그게 삶일 수 있어
그런데 다 같이 노래하는 지옥은 왜 필요한가
청바지를 입은 젊은 사제가 그리스도의 몸을 크게 외친다

은총은 정말 청해야지 받을 수 있는 건가요?

그렇다면
나뭇가지를 장작불에 던져 넣는다
밤하늘

소리 내어 나를 잡으소서

부록

# 편지에게

김정은 / 문학연구자

> 잠깐씩 웃는다 투투 씨를 뱉는
>
> 너의 말하기 기술
>
> 같이 그린다
>
> ㅡ「공기 중에 떠다니는 미란」부분

투투 씨를 뱉는 얼굴을 하고 지금 여기에 도착한 소녀가 있습니다. 그 소녀는 위험과 몰이해 속에서도 사람의 말을 배워왔습니다. 말하는 소녀는 자신의 성별을 의식하고 자인할 수밖에 없었고, "말하기 기술"을 개발할 수밖에 없었습니다. 말하는 법을 배워야 했던 소녀의 일은 혼자만의 일이 아니기에 "같이 그"린 그림이라 말해집니다. 이 소녀는 "공기 중에 떠다"닐 만큼 흔하지만 잘 보이지 않았고 감지되지 않았던 미란糜爛, 즉 상처를 감각화하려고 시도합니다. 그렇게 투투 뱉은 씨는 발아해 자랐고 "어떤 꽃"이 된 것인데, 이 소녀는 늦게 온 것일까요? 사람의 말을 하는 것을 포기하지 않는다는 것이 소녀에게는 어떤 의미였을까요? 항상 말을 배우는 상태에 있었던 소녀의 기록은 마찬가지로 "어떤 꽃"이 되기를 꿈꾸었던 소녀에게 편지로 도착하고 있습니다. 아래부터는 그 상상의 기록입니다.

여기 한 소녀가 있다. 깊은 밤 기차가 지나는 소리를 들으면 그 기차가 자신이 떠나온 고향으로 향하는 것을 알았고 "집에 가고 싶다."고 읊조렸다는 소녀. 고향인 진주를 떠나 마산이라는 공업도시에서 여공이자 산업체부설학교의 여학생으로 살았던 그 소녀가 바로 나의 엄마이다. 진주의 한 시골 마을에서 육남매 중 장녀로 태어나 그놈의 살림 밑천이 되어줬던 엄마. 기차를 타면 공장이 많은 도시로 이동할 수 있었던 것이 그래도 이 소녀가 할 수 있는 괜찮은 선택지 중 하나였다는 것을 이해하게 된 지 나는 그렇게 오래되지 않았다. 상급 학교로 보내주지 않는 고향과 가족으로부터 도망쳐 나온 이 소녀가 왜 고향으로 향하는 기차 소리를 들으면 눈물을 훔쳤을까? 그 나약한 눈물은 말해져야 하는데, "집에 가고 싶다."는 음성이, 바로 그 언어가 기록되어야 할 것이다.

설거지를 하는 엄마의 뒷모습. 이제 엄마와 아빠만이 사는 곳. 보통 가정집과는 다른 냄새가 났다. 쇠가 열에 달궈져 깎이면서 나는 냄새. 아빠가 도면을 보고 계산을 해 기계에 입력하면 엄마는 그 기계를 돌렸다. 그렇게 우리 집의 기계는 늘 쉴 새 없이 돌아갔고 엄마는 나에게 점점 좋은 옷을 입혔다. 누군가는 나에게 "너는 민중이 키운 딸"이라 했고, 누군가는 나에게 "너는 자본가 혹은 공장주의 딸"이라고 했다. 그런 납작한 말들이 싫었다.

눈을 비비며 물을 마시러 부엌간으로 다가가면 설거지를 하는 엄마의 머리칼 사이로 빛이 반짝이는 것이 보였다. 엄마의 머리칼 사이로 손을 뻗으면 꽈배기 모양으로 꼬불꼬불 꼬인 쇠 부스러기가 닿았다. 엄마의 머리칼로부터 그 꽈배기를 흩어놓으면 엄마 옆에 누워 머리칼을 만지며 노는 어린아이로 계속 지내고 싶은 기분이 든다. 쇠가 깎이면서 만들어진 꽈배기가 묻은 엄마의 머리칼에 여전히 어린 소녀가 산다. 그 어린 소녀의 보호 속에 나는 살면서도, 이 쇠로 된 꽈배기로부터 도망가고 싶어 했다. 어릴 적부터 머리를 꼬아 만들었던 꽈배기. 정신의 꽈배기를 굽고 싶었던 어린 소녀, 그렇게 딸은 펜을 들었다. 엄마를 배반했다.

> 조약돌같이 앉은 고양이들이 거들떠보지 않는
> 오랫동안 잃어버렸던 나는
> 느티나무 밑에서 발견된다
> (중략)

발굽 소리 냄새가 난다
달아나고 싶지 않다

눈알 굴러다니는 공중전화 박스

거리가 문을 열고 나온다
달아나고 싶지 않다

– 「쓰레기」 부분

    자신이 발견되는 곳이 "느티나무 밑", 어떤 잔해가 쌓인 공간임을 알았을 때의 심정을 이 시는 전하고 있습니다. 이런 진실은 너무 차가워서 시적 주체로 하여금 "거리는 지나치게 따뜻하다"고 느껴지게 할 정도입니다. 자신이 살고 있는 세계가 그렇게 아름답지 않은 곳임을 발견하였음에도 불구하고 너무나 아무렇지 않게 "달아나고 싶지 않다"는 발화가 출현합니다. 다시 한 번 반복되어 다짐으로 보이기도 하는 이 발화, 단지 사람의 목소리일 뿐인 이 언어야말로 가장 시적인 것이어서 우리를 멈칫하게 만듭니다.

이 시는 자신이 발을 딛고 있는 세계가 그렇게 아름답지 않음을 발견하고 '달아나고 싶다'는 생각이 들면서도 일부러 "달아나고 싶지 않다"고 말하는 사람의 얼굴을 상상하게 합니다. 세계로부터 도망가는 것도 아니고 그러한 세계를 부정하는 말들을 쏟아내는 것도 아니기 때문에 이 모습은 굉장히 이상합니다. 그럼에도 이러한 태도는 특별한 힘을 지닌 것 같습니다. 오랫동안 찾아 헤매고 어렵게 겨우 구성한 자신의 모습이 실은 부서지고 못쓰고 하찮은 세계의 일부분을 이루고 있다는 차가운 진실을 발견했을 때, 단지 "달아나고 싶지 않다"고 말하는 이 사람의 얼굴은 슬프지만 꿋꿋한 것입니다. 그것은 세계가 남루하고 자신이 그 세계를 이루는 초라한 일부라 하더라도 진실을 끝까지 대면하겠다는 의지입니다.

근사한 세계에서 근사한 '나'로 발견되고 싶었습니다. 만약 그것이 실패한다면 세계의 근사함을 부정하면서 나는 끝까지 근사한 '나'로 남고 싶어 했는지도 몰라요. 너무 물질적인 것만 중시하는 것처럼 여겨지는 고향과 고향의 사람들으로부터 나는 떠나고 싶어 했습니다. 떠나고 싶은 곳만 있었지, 도착하고 싶었던 곳은 없었던 것 같습니다. 부정을 쌓다 보면 '나'는 나 자신이 될 수 있을 것 같았는데요. 초라한 세계에서 초라한 나로 남겨

졌을 때 "지금 여기에 왜 있지?"라는 물음이 왔고, 도망치고 싶다는 생각을 자주 했던 것 같습니다.

> 거인이었지만 나는 어렸어
>
> 알고 난 후부터 질문하지 않았어
>
> 마을을 떠나고 싶지 않았어
>
> (중략)
>
> 절뚝거렸는데
>
> 장난이 필요했던 거야
>
> 그런 행동을 하면 안 된다는 걸 몰랐어
>
> – 「아마 느리게 이미 부서진 노래」 부분

누구도 자기 자신이 어린 나를 데리고 산다고 쉽게 인정하지는 못합니다. 이 시는 평범한 성장담을 보여주고 있는 것 같지만, 자기 자신을 이루는 어린아이의 마음을 들춰보고 있다는 점에서 특별하다고 할 수 있습니다. 가장 신뢰했을 어른인 모친도 단지 "늦게나마 네 것을 가져봐"라고 말할 뿐이었습니다. 그 누구도 해답을 모르는 이 세계를 누구나 처음 살아가고 경험하지만 그 해

답과 방법을 잘 아는 사람처럼 행동해야 한다는 것에 우리의 비극이 있습니다. 그 누구도 어떻게 살아야 할지를 잘 모르는 세계 속에서 능숙한 모습으로 살아가기를 주문받으며, 우리는 자라지 않음을 경험하면서 늦된 인간이 되어 있었습니다. 어느새 "담장보다 커진 내"가 있었지만, '나'를 쫓아왔던 것은 "아직" 자신이 자라지 못했다는 인식이었습니다. 여기서 전혀 멋진 척을 하지 않으며 자신의 허약함을 그대로 드러내는 발화가 등장한다는 것이 주목됩니다. "그런 행동을 하면 안 된다는 걸 몰랐어"라는 말은 자신의 잘못과 미성숙을 인정하는 것이면서도 변명의 말로 들릴 수 있기 때문에 냉정한 사회 속에서도 윤리적인 것으로도 통용될 수 없는 말입니다. 사회적으로도 윤리적으로도 하는 것이 저어되는 이 말, 근사한 어른의 말이 아닌 이 말을 하는 존재는 자신을 이상화하지 않으며 약한 아이 그대로 남아 있습니다. 자신의 가장 빛나지 않은 부분을 드러내는 이 솔직한 인간의 음성은 위에서 언급한 "달아나고 싶지 않다"는 음성만큼 특별한 것이라 할 수 있습니다. 자신의 가장 아름답고 이상화될 수 있는 부분이 아니라 허약하고 아직 어른이 되지 못한 부분을 감지하기 때문에 평범한 사람들이 불을 밝히고 살아가는 사람의 마을을 떠나지 않는 태도 역시 나올 수 있는 것입니다.

잘 자라는 키만큼 나는 잘 자라주지 않았다. 내가 여덟 살이 된 해에 어른들은 다른 아이들보다 한 뼘 이상 큰 나를 거인이라고 했다. 거인 딸을 둔 엄마는 다시 기계 앞에 서는 생을 살게 되었다. 가장 무서운 것은 가스레인지 불을 켜는 일이어서, 오빠의 귀가를 기다리기만 했다. 내가 머리를 아직 잘 못 묶거나 신발 끈을 제대로 맬 수 없는 것이 그 시절 때문이라고 여겨질 때가 있다. 이것이 바로 나의 모자람과 또 모자람이다. 나는 어떤 행동을 해야 하는지 특히 어떤 말들을 해야 하는지 잘 몰랐다. 내가 하는 모든 말들이 어색해 말을 고르고 다시 골라 문장을 겨우 완성한다. 모자람을 들키기가 싫어 집에서 계속 숨어 지냈다. 유폐가 아닌 은폐가 좋았다.

있었다 친구 없는 철수가
생각할 만한 생각이 없고
일하고 싸우고 기대를 저버리지 않는 철수가

샀다고 입을 수 있는 티 팬티가 아닌
소리쳐 부르면 '여기 있잖아' 읊조리는
같이 놀고 싶은 사람, 시시한 사람

철수가 있었다 한 사람만 사랑해야 되는 철수가

검은 양말을 신고
검은 모자를 쓰고
아로마 향이 통증인 날엔 철수를 달랜다
은단도 마찬가지니까 하염없이 철수를 달랜다

하얀 사람 빼곡히 들어선 하얀 집
하얀 기쁨
부스러기 흩날리는
하얀 나비 철수

– 「헤어진 순이」 전문


"헤어진 순이"는 마치 청승스러운 유행가의 제목 같습니다. 누군가는 이와 같은 일상을 반드시 지내고 있습니다. 순이와 헤어진 철수가 있고 이를 달래는 사람이 있는 것인데요. "시시한 사람"인 철수를 달래는 이 사람은 누구일까요. 사람의 마을을 떠나지 않는 이 사람은 무엇보다 사람의 말에 몸이 기울어지며 평범한 존재들에 매혹을 느낍니다.

　윤유나의 시는 일부러 평범한 목소리, 속어俗語의 세계를 여행하고 있는 것처럼 보입니다. 말을 얻지 못해 사라지는 세계들을 가엾어하기 때문일까요? 이 가엾어하는 따뜻한 마음은 자신이 가진 약하고 아름답지 못한 면모를 대면했던 마음이 다른 대상들을 향할 때의 버전이라 여겨집니다. 윤유나의 시는 평범한 사람들이 내는 평범한 목소리에 대해서 우리의 언어가 충분히 형용하지 못한다는 점 역시 예민하게 가리키고 있습니다. 제대로 언어화되지 못하는 공백을 섣부른 수사로 형용할 수도 있는 찰나를 가로지릅니다. 철수를 그냥 "같이 놀고 싶은 사람"이라 말하며 철수와 함께 있는 시간으로 철수에 대한 형용을 대신하는 것이야말로 말을 얻지 못해 사라지는 세계에 대한 연대를 표시하는 윤유나만의 방식입니다. "하얀 사람 빼곡히 들어선 하얀 집"은 그러한 평범한 존재들과 함께 하고자 하는 윤유나의 시가 기록하고자 하는 세계이자 도착해야 할 자리로 상상하는 장소일 것입니다. 무색무취로 보이는 평범한 존재들에 윤유나가 가진 시의 몸은 기울어집니다. 그래서 '하얀'이라는 색깔을 통해 그 의미가 실은 무한히 축적되어 있는 삶을 드러내고 '빛'을 얻게 합니다.

자신의 삶이 남루한 세계의 한 일부를 이룬다는 것을 발견한 자가 그러한 세계를 부정하지도 않고 자신을 특별한 사람으로 만들지도 않으면서 묵묵히 기록하고 있는 것을 봅니다. 자신의 약한 부분을 부정하지 않고 그곳으로부터 출발해 평범해 보이지만 결코 평범하지 않은 사람들의 삶이 가진 아름다움을 슬프고 꿋꿋한 얼굴로 감지하고 있습니다.

사람의 가장 아픈 부분은 사람의 가장 빛나는 부분과 연결되는 것이어서 나는 엄마의 머리칼 속에서 반짝이는 그 빛을 향해 손을 뻗게 되었을지도 모릅니다. 엄마의 머리칼 속에서 반짝이던 빛은 여자가 준 여자를 끝까지 살아내라는 계시였을까요? 정신의 꽈배기는 쇠로 된 꽈배기와 한 몸이어야 함을 그 빛은 내게 말해줬던 걸까요? 약하지만 아름다운 여자의 몸에서 태어난 여자가 사람의 마을을 떠나지 않을 때, 일어나는 마음의 일이 있을 것입니다. 나도 아름답지 않은 이 세계에서 내가 할수 있는 일들을 하며 그 아름답지만은 않은 삶을 살아내려고 합니다. 여성들의 목소리를 기록하고 싶은데, "달아나고 싶지 않다"는 인간의 음성이 들리는 것 같습니다.

투투 씨를 뱉는 소녀의 얼굴을 내밀었던 윤유나의 시는 편지로 이렇게 도착하는 중입니다.

# 나의 사회에서

친구 결혼식이 끝나고 다시 문경 고속버스터미널. 대형 텔레비전에서 야생 동물 다큐멘터리를 방영하고 있다. 암사자 무리가 한 마리 암사자를 물어뜯는다. 한 마리 암사자가 저항하지 않을 때까지 물어뜯는다. 싸울 수 없을 때까지 물어뜯는다. 들리지 않는 비명에 장난치는 모습 같다. 암사자 무리가 떠나가고, 남은 한 마리 암사자가 사막에서 일어서려다 결국 마지막 힘으로 죽어버린다. 해가 저물려는 시각, 죽은 한 마리 암사자에게 새끼 사자 두 마리가 다가온다. 널브러진 앞발 밑으로 새끼 사자 한 마리가 머리를 넣어 죽은 암사자를 일으키려고 한다. 노을을 등지고 수사자 한 마리가 다가오고 있다. 앵글은 다시 죽은 한 마리 암사자를 비추고, 새끼 사자들이 죽은 한 마리 암사자를 깨물며 일어나라고 보챈다. 눈을 뜨고 죽은 한 마리 암사자가 죽지 않은 것 같다. 그러나 한 마리 암사자는 죽었고, 죽었기 때문에 파리 떼는 방해받지 않는 섭취를 시작한다.

결혼 축하해. 난 말이야, 책을 많이 읽어. 책을 많이 읽으니까 백화점에 가고 싶어. 백화점에 가면 모든 게 다 있어.

친구는 노무사와 결혼했다. 그때 통화로 노무사를 잡았다고 말했다. 열다섯이나 많은 신랑은 신부의 부모님이 사는 곳인 타지에 와서 결혼식을 치러야 했다. 친구는 그런 애였다. 프로이트는 이해해가면서 친구는 점점 모르게 되어갔다.

나는 백화점에 너무 많이 가서 책이 읽고 싶어. 결혼을 하려면 백화점에 많이 가야 해.

난 말이야, 책을 많이 읽어. 책을 많이 읽으니까 백화점에 가고 싶어. 내 말이 무슨 말인지 모르겠어?

가방 속 청첩장을 터미널 휴지통에 버린다. 파리가 음미하던 암사자가 눈을 뜨고 낄낄 웃는다. 모든 게 더 있는 책을 편다.

토할 것 같다. 화장실에 가서 휴지를 챙긴다. 신랑 측에서 열어준 고깃집 피로연에서 버스 시간 때문에 고기를 급하게 먹었다. 축의금을 많이 냈으니까 많이 먹을 자격이 있었다. 터미널 안 상점에서 검은 봉지를 20원에 산다. 의자들이 텔레비전을 향해 한 방향으로 앉아 있다. 저 의자를 거쳐 가는 인간들의 회전이 자연의 순환인가. 할머니는 의자에 오래 앉아 있곤 했다. 자식들이 사는 도회지로 가려고 너무 일찍 집에서 나서던 할머니. 그런 날이면 할머니는 새 속옷으로 갈아입곤 했는데 커다란 면 팬티 앞에 주머니가 붙어 있었다. 할머니, 오락하게 오백 원만 줘. 할머니, 손주가 있어야 할머니가 되는 건 아니더라. 냄새. 밖으로 나가자. 그늘 없는 터미널 공터. 담 너머로 택시가 줄 지어 서 있다.

 베란다에 앉아서 해 지는 풍경을 바라보고 있을 때 엄마가 말한다. 너는 가족도 누구도 사랑하지 않아. 네 자신조차.

 아, 오뎅 삶는 냄새. 슈퍼에서 오뎅을 삶는 시골 터미널. 친구들과 헤어지고 혼자서 밀려오는 냄새를 감당하는 동안에 양파링을 산다. 시보다 사람이 더 좋았던 적이 있었다. 대학교를 졸업하고 엄마와 함께 지내면서 엄마가 원하는 대로 살아주고 싶었다. 문예창작학과 생활에 지쳐 있기도 했다. 당연히 잘 안됐다. 다행이라고 여기거나 지금이 진짜 삶을 살고 있는 거라고 여기지 않는다. 그냥 이렇게 된 것이다.

 안산 원곡동의 주공아파트에 살았을 때 근처 도서관까지 비디오카메라로 촬영하면서 걸었던 적이 있다. 1월이었고, 눈이 많이 쌓였고, 까치 울음소리가 허공을 가르다 흩어지는 맑은 날이었다. 골목길의 문방구 옆에 아이 엄마가 앉아 있고 아이는 서서 오줌을 누고 있었다. 내 비디오카메라를 보며 아이 엄마는 안절부절했다. 아이는 아랑곳하지 않고 계속 오줌을 누었다. 시선을 비켜주는 그 순간 갑자기 알아버렸다. 시는 언어로 쓰는 것이라는 걸. 그날의 충격이 아직도 생생하다. 나는 시가 소리로 그리는 그림인 줄 알았던 것 같다. 언어 바깥에서 리듬과 이미지로 만드는 무엇. 도서관으로 올라가지 않고 다문화 거리를 한참 걸었다. 냄새. 행복했던 것 같다.

여기서부터는 변화무쌍한 내 마음의 이야기. 삭제. 엄마 산하에서 내가 가족들한테 줘야 하는 사랑이 나한테는 폭력이야. 삭제. 내 기분과 마음을 언어로 표현할 수 있다고 여기고부터 세상과 타인과 나와 물불 가리지 않고 충돌했다. 숨 쉬는 순간에도 마음이 극렬해져서 신이 들린 건지 고민했었다.

내가 창밖으로 뛰어내렸으면 좋겠지. 삭제.

지금은 그 극렬함을 방황이라고 부른다. 언어를 인지하면서부터 시작된 방황이 꽤 길었다. 시를 언어로 쓰는 것이라는 자각 이후에도 시를 언어로 읽을 수 있을 때까지 오랜 시간이 걸렸다. 절박하지 않았다. 나의 언어는 내 무의식의 번역이고 그것을 읽는 일이 필요치 않았다. 시가 곧 나이므로 언어가 필요치 않았다. 소리가 출렁이며 만들어내는 이미지를 언어로 읽는 일이 스스로에게 가능할 리 없었다. 나는 어딘가에 잠겨 있었다.

꿈 안쪽 깊숙한 곳에서 여자들이 목욕을 하고 있다. 탕에서 피어오르는 김과 언니들의 엉덩이와 허벅지가 아름답다. 꿈의 다른 한편에서는 한 명의 여자가 손수건으로 코를 풀며 울고 있다. 그리고 자두나무 아래서 손을 흔들고 있는 언니들. 여자들이 있는 풍경과 여자들의 말과 행동을 종이에 그려나갔다. 여자를 통해서 아버지가 등장했고, 여자들은 자주 이별했다. 여자와 여자들과 나는 모두 나로 수렴되었다.

사랑은 지옥 같은 슬픔이다. 자기자신에서 말이다.

시로부터 인간을 지켜주고 싶었다. 시를 둘러싼 욕망이 인간을 망가뜨리는 모습을 보면서. 시는 언어로 만드는 물질에 불과하다. 인간을 망가뜨릴 수는 없다. 인간은 시를 쓰는 존재이다. 한 마리 암사자를 물어뜯어 죽이는 암사자 무리를 이해한다. 자연의 법칙이다. 욕망은 본능이다. 우리가 동물이 아닐 리 없다.

정말로 인간을 보호해주고 싶었다. 그럴 수 없는 줄도 모르고. 나는 무력했고 내 시의 친구조차 아니었기에 시가 외로워졌다.

의자에 앉아 눈을 감는다. 터미널 냄새. 머릿속에 쌓여 있는 냄새들. 여전히 시를 쓴다는 자의식이 창피하기만 하다. 읽을 수 없는 시를 쏟아내듯 써왔지만 시를 쓴다고 말하기가 어렵다. 내 안 어디서부터 어디까지 튼튼해져야 헤어숍에서 펌을 하면서 심심풀이로 정체를 묻는 미용실 언니에게 시를 쓴다고 말할 수 있을까. 다음 결혼식은 가을에 있고, 겨울에도 결혼식이 있다. 하객들의 박수를 받으며 신랑 신부가 손을 잡고 나란히 행진하는 장면이 떠오른다.

버스가 터미널을 빠져나간다. 한 대도 때리지 않았는데 두들겨 팬 줄 알고 엉엉 울던 시절, 도저히 저버릴 수 없는 내 손을 꼭 잡고 하염없이 걸었던 어린 시를 읽는다.

절벽 위에 세워두고 밀어버렸는데 너를 세워둔 곳이 언덕이었어. 내가 밀자 너는 데굴데굴 굴러서 평지에 착지했지. 따뜻한 바람이 불었어. 우연을 믿으니까 가보지 않은 세상에서 지내고 싶어. 이 시집의 시들을 썼던 나는 이제 존재하지 않잖아. 내가 없는 세상에서 남겨둔 시를 보는 기분은 글쎄. 어떤 카페에 가까워지는 기분이랄까.

내가 언제부터 나였는지 시작이 뭐가 중요해. 작은 창문이 하나 있을 거야. 물론 문도 하나 있지. 나는 들어가지 않을 요량으로 활짝 열어두려고. 창문도 열어두고. 무사하겠지. 춥지 않겠지. 네가 들어와 쉬는 동안에 배가 고프진 않겠지.

아침달 시집 15

하얀 나비 철수

1판 1쇄 펴냄 2020년 6월 29일
1판 2쇄 펴냄 2020년 10월 16일

지은이 윤유나
큐레이터 김소연, 김언, 유계영
편집 송승언, 서윤후
디자인 한유미, 정유경

펴낸곳 아침달
펴낸이 손문경
출판등록 제2013-000289호
주소 03980 서울시 마포구 성미산로 153-16, 2층
전화 02-3446-5238
팩스 02-3446-5208
전자우편 achimdalbooks@gmail.com

© 윤유나, 2020
ISBN 979-11-89467-18-0 03810

값 10,000원

이 도서의 판권은 지은이와 출판사 아침달에게 있습니다.
양측의 서면 동의 없이 책 내용의 전부 혹은 일부의 재사용을 금합니다.

이 도서의 국립중앙도서관 출판예정도서목록(CIP)은
서지정보유통지원시스템 홈페이지(http://seoji.nl.go.kr)와
국가자료종합목록시스템(http://www.nl.go.kr/kolisnet)에서 이용하실 수 있습니다.
(CIP제어번호 : CIP2020025027)

**아침달**